LÁGRIMAS QUE (YA NO) DUELEN

OLGA GONZÁLEZ

Montena

Papel certificado por el Forest Stewardship Council®

MIXTO
Papel | Apoyando la
silvicultura responsable
FSC® C117695

Penguin
Random House
Grupo Editorial

Primera edición: mayo de 2024

© 2024, Olga González Pérez
© 2024, Penguin Random House Grupo Editorial, S. A. U.
Travessera de Gràcia, 47-49. 08021 Barcelona
Diseño de cubierta: Penguin Random House Grupo Editorial
Imágenes de interiores: iStock

Printed in Spain – Impreso en España

ISBN: 978-84-19848-49-9
Depósito legal: B-5.885-2024

Compuesto en Grafime, S. L.
Impreso en Artes Gráficas Huertas, S. A.
Fuenlabrada (Madrid)

GT 4 8 4 9 9

Para todos aquellos que sienten caos
en lo más profundo de su alma,
en lo más profundo de su ser,
cuando están solos,
cuando el mundo entero los acompaña,
cuando soportan todo sobre sus hombros
o cuando comparten aquello que les daña.

Para todos aquellos que entiendan mi caos,
para todos aquellos que sientan mi caos,
para todos aquellos que sean capaces
de ver entre mi orden
o mi desorden.

PRÓLOGO

El libro que hoy sostienes en las manos es un camino a través del caos, la desesperación y la soledad, pero también un trayecto hacia el autodescubrimiento, el amor propio y el progreso.

Estas páginas te guiarán en tu dolor, ayudándote a sentirlo, para después poder liberarte de él, aprendiendo a volar sin el peso de sus cadenas, sin que nada vuelva a cargarte de esa forma.

Esta es mi forma de sentir, de vivir y de superar cada uno de los obstáculos que me he encontrado.

Si necesitas un abrazo, una liberación, un hombro sobre el que apoyarte, una conversación nocturna durante horas o una compañía genuina, acompáñame en este viaje.

EL NUDO EN MI GARGANTA

Siento miedo.

Siento ese nudo en la garganta
antes de hablar,
antes de decirte mi verdad,
antes de que puedas escucharme,
porque sé
que, aunque hable,
aunque me rebele contra el mundo,
aunque me rebele contra ti,
tú nunca vas a escucharme.

La soledad me aprieta el pecho
como jamás lo había hecho,
da igual la gente,
da igual lo que digan,
da igual lo que piensen;
al fin y al cabo,
mi desorden
no está dentro de sus mentes.

Qué inconsciencia la mía
al pensar que lo que sentías
podía ser real.

Qué inconsciencia la mía
al pensar que,
por primera vez,
las cosas saldrían según lo planeado.

Qué inconsciencia la mía
al pensar
que eras diferente,
que ibas a quedarte,
que podías quererme.

Y, aunque yo me empeñe

en decir

que no dejaste huella,

te reflejas en mis ojeras,

en todas esas noches de insomnio

que se hacen infinitas.

Te reflejas en cada instante

de cada maldito día.

No paro de preguntarme
por qué nadie me escucha,
por qué nadie me oye.

Si yo grito,
grito de dolor,
en busca de ayuda.

Grito en silencio,
¿es que no es demasiado evidente?

Tal vez no lo sea,
tal vez por eso nadie me escuche,
tal vez por eso
ni siquiera tú me escuches.

Ahora eres
esa pequeña historia
que solo sale a la luz
cuando hablo de dolor.

¿De qué sirve
todo eso que un día prometiste?

¿De qué sirven
todos los sueños que dejaste
sin intención de cumplir?

¿De qué sirven
aquellas palabras que jamás cumpliste,
si, cuando te marchaste,
rompiste todo a su paso?

Si, cuando te marchaste,
decidiste no dejar nada.

Si, cuando te marchaste,
decidiste hacerme ver
que nunca fuiste
como te mostrabas.

Siguen pasando los días
y aún escucho tu fantasma
riéndose de cualquiera
de tus ocurrencias.

Aún me giro para mirarte
desde la puerta
justo antes de salir.

Aún percibo tu olor
entre mis sábanas.

Pero no estás.

A pesar del daño que me hiciste,

la tristeza a la que me sometiste

y la soledad que me invadía

incluso cuando

todavía estabas a mi lado,

aún me quedaba la esperanza

de que volverías a ser

aquella persona

que un día conocí,

que un día me hizo sentir

invencible.

Tal vez siga escribiendo

para encontrarte entre líneas,

o tal vez lo haga

para poder soltarte por fin

y perderte entre ellas.

Eres ese error

que no me importaría cometer

una y otra

y otra

y otra vez.

Esa piedra

con la que me tropezaría

en el camino de ida,

pero también

en el de vuelta.

Debí ver
que todas esas veces
que decías
que no querías hacerme daño
no eran más que
avisos.

Me empujaste
con tus palabras,
con tus acciones.

Me empujaste
de tal manera
que, aunque no quería irme,
no lo dudé
más de un par de veces.

Todo era confuso

hasta que te conocí,

entonces todo se volvió

mucho más oscuro,

mucho más siniestro,

mucho más difícil.

Esta vida
me ha enseñado
la importancia
de ver las señales
de un corazón roto
para que el mío no acabe así,
pero creo que lo he aprendido
demasiado tarde.

No puedo explicar cómo llegué ,

a amarte,

pero sí que puedo

enumerarte cada una

de las razones

por las que dejé de hacerlo.

Si soy la única
que lo intenta,
¿cómo vamos a sanar?

La niebla
es cada vez más espesa,
cada vez veo menos
a través de ella,
pero nunca tuve permitido caer.

Qué más da una vez más, ¿no?

¿Cuánto tiempo más

seguiré siendo

la segunda opción

de mi primera opción?

Y a veces
me pregunto
cómo sería mi vida
si nunca nos hubiéramos conocido,
si nuestros dedos
no supieran el camino exacto
para entrelazarse,
si nunca nos hubiéramos querido.

Y a veces,
desearía que así fuera.

Contigo descubrí

la capacidad

de perderme y encontrarme

exactamente en el mismo lugar,

en el mismo momento.

Tal vez piensas

que has sido

la primera persona

con ese poder de arreglarme

o destruirme a tu antojo,

pero créeme,

no es nada nuevo para mí.

Esta es una vez entre tantas.

El destino
quiso juntarnos,
para que tú aprendieras
qué se sentía al saber
que alguien te quería de verdad
y para que yo aprendiera
que no puedo pedirle a nadie
que me quiera
de la forma
en la que yo lo hago.

Desencadena mi corazón,
déjalo latir.

Solo tú
tienes la llave,
entrégamela ya,
por favor.

Siempre vas a ser

un recordatorio

del día en que mi mundo

cayó por completo

y en el que,

a pesar de ello,

esperaba que

a tu lado

doliera menos.

Si supieras

todo lo que hice por ti,

las veces que di la cara

en tu defensa

cuando todos me decían

la realidad de quién eras.

Quise demostrarles que no llevaban razón,

pero,

al final,

has sido tú quien me ha demostrado

que sí que la llevaban.

Nunca serás consciente

de todo el dolor que provocaste,

porque para ti

siempre serás la mejor persona del mundo.

Nunca habrás hecho nada malo,

siempre será culpa mía

por «ser demasiado sensible».

Sé que un día
dejará de doler,
pero,
hasta entonces,
déjame en paz.

Con tu silencio
dijiste tantas cosas
que mi corazón
no necesitó oír tu voz
para quebrarse por completo.

No me di cuenta
de que nuestro amor
tenía fecha de caducidad.

Ni siquiera me di cuenta
de que el amor
no era «nuestro»,
sino que solo era mío.

Tal vez
mi corazón siempre va a quedarse
a medio camino
entre sanar
y seguir atado.

Tal vez
nunca llegue a latir
con normalidad.

Daría lo que fuese

por volver

al día en que nos conocimos

para disfrutarlo por última vez

antes de hacerlo desaparecer

de mis recuerdos.

Cuánto di por ti
sin esperar nada de vuelta.

Cuánto di por ti,
a sabiendas de que
solo recibiría indiferencia.

Cuánto di por ti,
a pesar de que
tú despreciabas absolutamente todo.

¿Cuánto di por ti?

¿Cuánto diste tú por mí?

Debo apuntar mejor
la próxima vez.

Debo apuntar a una persona
que sepa quererme y valorarme,
o tal vez debo apuntar a mí misma,
a mi amor propio.

Debo apuntar mejor,
tú podrías enseñarme;
diste justo donde apuntabas,
me disparaste en el corazón
y acertaste.

Ahora solo quedan escombros
y recuerdos difusos del pasado.

«No te vayas,
quédate».

Y miles de súplicas más
que compartía con mi almohada,
mas no contigo;
tú ya te habías ido.

En construcción.

Así es como estaba antes de conocerte,

en construcción,

esperando ser mejor

para poder ofrecerte

algo que de verdad valiera la pena.

Ahora estoy en ruinas

y sin planes de restauración.

Aún espero

que el teléfono se ilumine

y vibre

con esa sintonía que tanto odiaba,

pero que ahora

anhelo volver a escuchar

solo para que tu nombre

aparezca en la pantalla

una vez más.

Mientras lloraba,

me decías

que la vida no es un camino de rosas,

que no todo es tan fácil como parece,

y yo me pregunto

si a todo el mundo

le duele tanto

o es cosa

de tus espinas.

Recuerdo haberte pedido
que dejaras de decirme que me querías
y me lo demostraras
más de cien veces.

Que no me dijeras todo lo que me querías
y que me hicieras sentir importante
con tus actos.

Que no pronunciaras nada,
pero lo dijeras todo
en silencio,
con tu mirada.

No quería jugar con fuego
porque yo no quería quemarme.

No quería tus llamas,
tus incendios
ni tus cenizas.

Quería tus mares,
tus lágrimas
y tus vendavales.

Me eché a perder
tan fácilmente
para no perderte a ti
que no sé ni quién soy.

Que mi mundo se ha vuelto negro,

oscuro,

sin sentimiento,

vacío.

Que mi alma
ha quedado completamente desgarrada
porque no solo te he perdido a ti,
me he perdido a mí
estando contigo.

DESPERTAR

Debí darme cuenta

de todas tus malas intenciones

cuando todo lo que había

en mi pecho

era vacío.

Cuando nada de lo que hacías

para intentar «arreglarlo» servía.

Podría darte más de mil razones
por las que tienes la culpa,
pero no lo haré.

Tus acciones fueron miserables,
pero yo
soy la única responsable
de haber creído tus mentiras,
de haber suavizado los golpes de tus mentiras,
de haber pensado que tal vez cambiarías.

No sé en qué momento pasó,
pero doy gracias
a que pude despertar
y ver que
el dolor que a ti te faltaba
a mí me sobraba.

Que, por más que lo intentaba,
yo seguía en el primer capítulo
y tú ya habías pasado página.

Cuántas veces amenazaste con irte
y no lo hiciste.

Cuántas veces prometiste cambiar
y,
para sorpresa de nadie,
no cumpliste.

Sigues doliendo,

no voy a mentirte,

sigues doliendo

alguna que otra noche,

alguna que otra llamada,

alguna que otra despedida,

alguna que otra vida.

Lo estabas haciendo mal
y lo sabías,
sabías cuánto sufría,
sabías cuánto dolía
cada noche que te ibas.

Lo sabías todo
y, a pesar de eso,
nunca te disculpaste,
pero no te preocupes,
que la vida vuelve
y los errores se pagan.

Hazlo si te atreves,

vuelve para intentar

someterme de nuevo,

vuelve para intentar

cortarme las alas,

vuelve poniendo esa cara

como si nunca

hubieras hecho nada malo.

Pero ten claro

que no vas a encontrarme,

que no vas a poder conmigo

otra vez.

Ahora que he visto
la maldad
que escondías,
no puedo negar
que tengo miedo.

Tengo miedo de que
el resto del mundo
sea como tú.

Intentabas encadenarme
en tus mentiras,
en tus sonrisas falsas
y en tus expectativas
que jamás
cumplías.

Siempre tuve claro
que yo sí te quería,
y pensaba que tú también lo hacías,
pero, claro,
nunca pregunté para qué.

Nunca te lo pregunté.
Nunca me lo pregunté.

¿Para qué me querías?

Tal vez
para que fuera
tu nuevo entretenimiento.

Tal vez
para que te siguiera
en cualquiera de tus jueguecitos.

Y ahora duele.

Duele darme cuenta
de que todo lo que sentía,
a pesar de que era real para mí,
no lo era para ti.

Duele darme cuenta,
pero agradezco
haberlo hecho,
no quiero formar parte
de tus mentiras
ni un solo segundo más.

No voy a negar
que has dejado un hueco
que dudo poder llenar de nuevo,
al menos no ahora,
al menos no pronto.

No voy a negar
que acostumbrarme a estar sin ti
es tan difícil
como aterrador,
pero quedarme a tu lado
no era mejor opción.

La que busca encuentra,
y yo lo he comprobado
a medias.

He buscado tu lado malo,
y en cada discusión
lo he encontrado;
he buscado tu lado bueno,
pero jamás
se ha manifestado.

Pensaba que mi camino
estaría a tu lado.

Qué dolor ver
que me había equivocado.

A pesar de lo mal
que te portaste,
cada noche duele más
la herida que me hiciste,
pero que no cerraste.

Prefiero irme,
prefiero dejarte.

Prefiero olvidarme
del monstruo
en que te convertiste.

Prefiero irme ahora
que aún puedo,
prefiero desaparecer de tu vida,
que ya empezaba
a adueñarse de la mía.

No me sirven
tus «lo siento»,
porque ni mil y una disculpas
podrán arreglar jamás
todo el dolor de mi corazón roto,
todo el caos en mi cabeza confusa,
cada herida que me dejaste dentro.

Es curioso
cómo tú
decidiste irte tantas veces
y nunca te culpé por ello.

Ahora yo soy quien se va
y dices que no podrás superar
todo el daño que te he hecho.

No me digas:

«Todo volverá a ser como antes».

Yo no quiero que todo sea como antes;

quiero poder vivir sin miedo,

sin cadenas

y sin reproches.

Ni en tu mejor versión,

mereces mi peor versión.

Pensaba que el destino

nos había unido

por alguna razón,

pero ahora veo

que no era más que una prueba

para demostrar lo que merezco

y, sin duda,

no eres tú;

merezco algo mejor.

No eres la única persona de la Tierra,
y me da lástima
pensar que alguna vez
pude creer que serías
la única persona
que podría ver algo bueno en mí,
que podría quererme.

No voy a decir eso de
«estoy mucho mejor sin ti»,
porque no es verdad.

Aún te echo de menos
cada día al despertar
y cada noche cuando voy a dormir,
pero sí que sé que algún día
podré decir eso sintiéndolo plenamente.

«Nunca quise hacerte daño».

Y otras mentiras que dijiste

y yo me creí.

Te di varias segundas oportunidades

cuando a mí

ni siquiera me di una primera.

La parte más difícil de amarte

nunca fue

el hecho de amarte,

sino darme cuenta

de que tú nunca luchaste por mí

ni por nuestro amor

ni la mitad de lo que yo lo hice.

Incluso en tus peores momentos
era yo quien estaba ahí
para recogerte.

Jamás supe lo que se sentía
que tú estuvieras ahí.

Te amé
más de lo que nunca
me había amado
a mí misma
y ahora sé
que ese fue
mi peor error.

Sigo creyendo que el amor existe,
aunque ya jamás venga de ti.
Lo sé porque dejarte ir
fue la mejor muestra
de amor propio
que me pude hacer.

Dejar mi corazón en tus manos

no fue buena idea;

ahora que lo sé,

he podido recuperarlo,

aunque sea en pedazos.

Tu prioridad conmigo
siempre fue más
hacerme daño
que quererme.

Pasa el tiempo y me doy cuenta
de todo lo que pude haber tenido
si, en lugar de atarme a ti,
te hubiera dejado escapar
y me hubiera centrado en mí.

En medio del mar de dudas
recordé tus actos,
tus desprecios
y la facilidad que tenías
para hacerme sentir mal;
entonces
el mar se evaporó
al instante.

Me enredé en tu pelo,

en tu tacto

y en tu cuello.

Me enredé

de tal forma

que no podía escapar

cuando tus suaves manos

se convirtieron en garras.

¿Cómo se supone
que tengo que perdonarte?

Si has roto todo lo bueno
que aún quedaba en mí.

Si has sentenciado mi felicidad
a una cadena perpetua.

Que me haya dado cuenta
del dolor
que provocabas en mi vida,
en mi ser
y en mis días
no quiere decir
que duela menos
ahora que no estás.

Me da igual que me digas,

me repitas y me insistas

en que fue un error,

en que no quisiste hacerme daño.

El problema es que me lo hiciste,

y eso no lo va a borrar

ninguna de tus palabras vacías.

¿Cómo se supone que tengo

que seguir a tu lado?

Cuando tú

nunca quisiste

caminar al mío.

Aún recuerdo
el desprecio en tu mirada
cuando te dije que me iba,
que no quería seguir a tu lado
ni un solo segundo más.

Ahora tendrás que odiar
al monstruo que tú creaste.

Merecía más
que un simple «te quiero»
a deshoras.

Merecía más
que pequeñas muestras de amor
vacías, muertas, rotas.

Merecía tantas cosas
que nunca ofreciste,
que me cansé de esperar.

Nunca llegué
a sentirme suficiente
estando a tu lado,
pues te encargabas
de romper
todo lo que conseguía,
te encargabas de desvalorizar
cada uno de esos logros
que tan feliz me hacían.

Mirando al techo,

me di cuenta

de que un par de lágrimas

rodaban por mis mejillas,

pero supe

que esas lágrimas

ya no eran por ti,

sino por mí,

por la versión de mí

que destrozaste.

Y fue cuando salí
de tus ruinas, tu tortura y tu rutina,
cuando me di cuenta
de que el mundo tenía una luz
que jamás había visto,
que los colores brillaban
y cada segundo que respiraba aire puro
merecía la pena.

La presión en el pecho
que sentía en cada respiración
se ha ido.

Tus cadenas,
que aún me ataban,
las he roto.

He despertado
después de tanto...

RECONECTAR

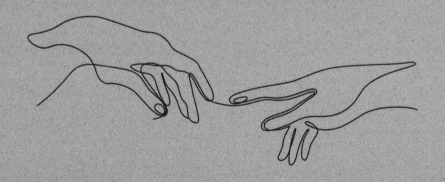

Ahora
no necesito a nadie
que me dé
aquello que siempre quise.

Amor,
lealtad...

Soy yo quien debe hacerlo
y, aunque me ha costado de más
entenderlo,
soy más que suficiente
para mí misma.

Soy lo mejor
que me ha podido pasar,
incluso cuando no me quería,
incluso cuando aguantaba situaciones
que no debía
solo por encajar con alguien.

Incluso cuando lloraba
la ausencia de alguien
que solo me dañaba.

Incluso en el proceso de sanación
que aún sigo atravesando.

Aunque a veces
no me sienta completa,
soy lo mejor
que me ha podido pasar
y me quiero por todas
las batallas que he ganado.

Tu fantasma
aún se pasea
por los rincones de mi casa,
pero ahora ya no duele.

Aunque a veces te extraño,
sé que lo mejor
fue distanciarnos,
tomar caminos distintos
y sanar por separado.

Necesito tiempo

para aclarar mi cabeza,

para sanar,

pero estoy segura

de que estoy en el sitio correcto,

de que mi destino

no estaba contigo,

y no importa,

no está mal.

Las cosas ocurren por algo,
o simplemente ocurren.

Hay oportunidades que nos llegan
y otras que pasan,
pero de largo.

Tal vez no eras para mí,
y ya no me preocupa
porque sé que merezco algo mejor
y que a tu lado
jamás podría haberlo conseguido.

No quiero seguir

en una lucha constante

contra mí,

mi cuerpo,

mi vida,

mis pensamientos

y mis decisiones.

Esos planes de futuro
que nos salían solos...

Ahora ese futuro ha llegado
y todo es muy distinto,
ya no hay demonios
en mi cabeza,
solo paz.

Gracias por enseñarme lo que no quería.

Y con el pecho aún abierto
por todo lo que ocasionaste en mí,
decidí cerrar las heridas
yo misma,
y hoy soy capaz de amar de nuevo,
con mayor intensidad que nunca.

Soy capaz de amar de nuevo
y me lo he demostrado
a mí misma.

Que lo nuestro

no saliera

como esperaba

no quiere decir que deba renunciar

a todo.

Y no sabes cómo me libera

no sentir culpa

nunca más.

Pensé que era un «sí»,
y lo di todo.

Comencé a sentir
que podría ser un «quizás»,
y aun así decidí seguir arriesgándome.

No quise ver el «no»
en cada una de tus acciones,
de tus palabras
y de tus desprecios.

No quise admitirlo,
y, aunque sé que podría haberme escapado
de tu secuestro mucho antes,
al fin estoy fuera
y no me arrepiento de nada,
pues ahora soy una persona distinta,
mucho más fuerte
y renovada.

Cuando la soledad apretaba,

encontré la mejor compañía

en mí misma.

Siento pena por ti;
no solo me perdiste a mí,
perdiste la oportunidad de tu vida,
perdiste a esa persona
que intentaba hacerte feliz
por encima de todo.

Y es triste
porque, a pesar de lo ocurrido,
no puedes ver que no eres
ni la mitad de la persona
que crees ser.

Soltar.

Sanar.

Entender que puedo quererme
y ponerme como prioridad.

Volver a empezar.

No tengo ninguna razón
para depender de nadie,
mucho menos de ti.

Tengo todo lo que necesito ahora
y aún puedo conseguir más.

Ya no necesito nada
que me retenga.

Siempre hubo algo especial en mí,

algo que

me opacaron tantas veces.

Ahora sé que querían que brillara,

pero nunca más que ellos.

Por eso ahora

me permito al máximo

brillar

todo lo que nunca pude.

Lo siento si te deslumbro, cariño,
pero yo ya no miro al pasado,
y aunque ahora quieras volver,
eso ya quedó anclado.

Ya no escapo de mis sentimientos,
los vivo más intensamente que nunca.

Me gusta sentir,
me gusta sentirme viva,
me gusta sentir cada centímetro de piel
antes entumecida.

Me gusta quien soy ahora.

He aprendido que
me gusta más
quien soy
cuando estoy sola.

Cuando te sientes bien
en la soledad de tus pensamientos,
es difícil abrirse a alguien más,
pues nadie puede aportarte
más de lo que tú misma haces.

Cuenta conmigo
cuando sientas que no puedes más.

Cuenta conmigo
cuando los días se vuelvan grises.

Cuenta conmigo
cuando sientas que todo se derrumba.

Palabras frente al espejo.

No me di cuenta

de todo el peso que sostenía

hasta que mi mundo se derrumbó

y tuve que recogerlo

pieza

por

pieza.

Tal vez
la historia de amor que necesitaba
no era
la mentira en la que vivíamos,
sino
una historia de amor
entre mí misma y yo.

Por cada vez
que me dijeron
que no era suficiente,
ahora rompo sus esquemas
porque sé
que se equivocaban
y que soy más
de lo que jamás
merecerán.

Finalmente encontré a esa persona
que no quiero perder nunca,
pase lo que pase.

Esa persona a la que quiero querer
por encima de todo.

Esa persona a la que,
por muchas dificultades
que se presenten,
voy a escuchar antes que a nadie.

Finalmente
me encontré.

Soy más
que mis heridas.

Soy más
que el daño que me hicieron.

Soy más
que una persona dolida, frustrada o dañada.

Soy más que todo eso.

FLORECER

Y ahora entiendo
que no es el tiempo,
ni siquiera las experiencias,
es la conexión
que, aunque lo quieras,
no se tiene con cualquiera.

Mirarte a los ojos,

saber lo que piensas,

tal vez no estoy viendo tus ojos,

estoy viendo tu alma.

Vi que el mundo

no se acababa,

levanté cabeza

y seguí adelante,

pero fue cuando te conocí

cuando me di cuenta

de que lo mejor

aún estaba por venir.

No sé
cuántas veces me juzgaron
por ser quien era,
perdí la cuenta.

Y no sabes lo bonito que se siente
que cambies esas dudas
por convicción
cuando te cuento mis planes,
cuando te expreso lo que siento,
aunque sea llorando a mares.

Uniste cada pieza
de mi corazón roto
como si se tratase de un puzle,
y lo arreglaste.

Nadie había tenido tanta paciencia.

Las lágrimas
duelen menos
cuando eres tú
quien pasa el dorso de su mano
por mi mejilla
para capturarlas
y hacerlas desaparecer.

El amor no se demuestra

con palabras vacías,

se demuestra con acciones,

con paciencia,

con susurros,

con abrazos,

con caricias,

con esas buenas noches antes de dormir

y esa risa tan tuya

que se ha convertido

en tan nuestra.

Nunca fui de creer
en películas de amor
ni en cuentos perfectos.

Ahora no necesito creer en ellos,
sino simplemente vivirlos.

Comunicarnos incluso sin hablar

siempre va a ser

esa sensación

tan nuestra

que no cambiaría

por nada del mundo.

Esas manías tuyas
que han acabado
por ser mías también,
y ese caos mío
con el que me ayudas a lidiar.

Sin quejas.
Sin protestas.

Y cuando las estrellas se iluminan

sobre el oscuro cielo,

yo solo observo una,

esa que tanto brilla,

esa que un día

hicimos nuestra.

¿No entiendes
que eso a lo que tú
le llamas defectos
es lo que te hace diferente?

Estoy cansada de lo común.

Aún sigo sin entender
cómo fuiste capaz
de sanar todas mis heridas,
cuidarlas
y hacerme crecer
más fuerte,
con más ganas,
con más amor.

CONCLUSIÓN

Cuando sientas

que tu corazón

se rompe un poco más

con cada una de sus palabras,

escúchate a ti misma,

recuerda que no estás sola,

que te tienes a ti,

que no necesitas a nadie que no te haga feliz.

Recuerda que eres la persona más valiosa

y que nadie debería hacerte sufrir.

El amor no duele.
El amor no confunde.
El amor no te hace más inestable,
ni más insegura.

Si no te hace crecer,
no deberías permanecer.

Donde te juzgan,
nunca serán capaces de quererte.

Donde te hieren,
nunca serás capaz de encontrar la felicidad.

Donde no te quieren hoy,
no te van a querer mañana.

Quien va y viene
no va a quedarse.

Busca tu futuro

con quien tenga

tus mismas aspiraciones,

tus mismos propósitos

y tus mismas ambiciones.

No dejes que nadie

opaque tus sueños

por sentirse incapaz

de cumplir los suyos.

Recuerda que
no todo el mundo
va a alegrarse por tus logros,
sobre todo si estos
te sitúan por encima de ellos,
por lo que nunca alejes de ti
a quien sí lo haga;
esa persona es la que de verdad
merece la pena.

Llegará.

Ese momento en el que
te sientas tan cómoda
contigo misma
que no hará falta
la aprobación de nadie.

Que darán igual
los comentarios negativos
y que, a pesar de saber vivir sola,
contigo misma,
decidirás compartir tu vida
con alguien más.

SOBRE LA AUTORA

Olga González Pérez nació el 8 de julio de 2003, en la provincia de Córdoba, España.

Desde una edad temprana se interesó por las distintas formas de expresión del arte, como la pintura, la música y la escritura, ya que contaba con numerosos sentimientos y pensamientos que necesitaba expresar al mundo.

Tras un periodo complicado de su vida, comenzó a interesarse cada vez más por la escritura, lo que le permitió abrir un nuevo capítulo y cerrar ciclos.

En julio de 2022 publicó su primer libro, *Viva*.

En septiembre de 2022 publicó su segundo libro, *Tengo todo lo que necesito*.

En noviembre de 2022, y ante la necesidad de expresar su opinión al mundo, publicó *No vas a callar mi voz*.

En enero de 2023 sacó *Déjame contarte* y, tan solo un mes más tarde, le llegó su primera propuesta editorial: en septiembre de 2023 publicó *El (des)amor que jamás viví.*

En mayo de 2024 publicó el poemario que ahora tienes en las manos, en el que vuelca los miles de sentimientos que sentía que debía liberar, aunque algunos de ellos no los haya experimentado del todo.

Puedes conocer más sobre ella, sobre su día a día y sus futuros proyectos en sus redes sociales:

Instagram: @Olgagonzalezp_
TikTok: @Olgagonzaalezz
Pinterest: @Olgagonzaaleez

AGRADECIMIENTOS

Después de casi dos años y seis libros publicados, solo me sale agradecer.

Agradecerte a ti que me lees. Agradecer a cada una de las personas que me rodean y que siempre han tenido palabras bonitas para mí y para mi trabajo, que siempre me han apoyado y han entendido mis tiempos, mis horarios infinitos y mi descanso nulo, llegando incluso a adaptarse a ellos para poder compartir un ratito conmigo.

No voy a negar que está siendo un camino duro, de mucho trabajo, esfuerzo y dedicación, pero también de aprendizajes, momentos increíbles y experiencias inolvidables.

Este mundo me está permitiendo descubrir a miles y miles de personas y conectar con sus corazones abriéndoles el mío. Como podrás imaginarte, tú eres una de esas personas. Quiero que sepas que tienes mi corazón en tus manos y que, probablemente, yo tenga el tuyo entre mis páginas, por eso quiero agradecértelo y no hay palabras suficientes para ello.

Gracias a la enorme comunidad que hemos formado, ya somos más de 110.000 personitas y, a pesar de ello, aún me emociono de igual forma cuando me escribís contándome vuestras situaciones y lo que mis libros os han hecho sentir, por lo que, si estás leyendo esto, no dudes en contactarme por mis redes sociales, te estaré esperando con los brazos abiertos y el corazón al descubierto.